漂移丛书

欢喜伦理

李日月／著

云南大学出版社
YUNNAN UNIVERSITY PRESS

图书在版编目（CIP）数据

欢喜伦理 / 李日月著. —昆明：云南大学出版社，
2017
（漂移丛书）
ISBN 978-7-5482-3124-0

Ⅰ. ①欢… Ⅱ. ①李… Ⅲ. ①诗集－中国－当代
Ⅳ. ①I227

中国版本图书馆CIP数据核字（2017）第235167号

策划编辑： 徐　曼　**责任编辑：** 范　娇　**装帧设计：** 刘　雨

漂移丛书

欢喜伦理

李日月 / 著

出版发行： 云南大学出版社
印　　装： 昆明市五华区理煜教育印务有限公司
开　　本： 889mm × 1194mm　1/32
印　　张： 4.875
字　　数： 82千
版　　次： 2017年11月第1版
印　　次： 2017年11月第1次印刷
书　　号： ISBN 978-7-5482-3124-0
定　　价： 30.00元

社　　址： 昆明市一二一大街182号（云南大学东陆校区英华园内）
邮　　编： 650091
电　　话：（0871）65033244　65031071
网　　址： http://www. ynup. com
E-mail： market@ynup. com

语言漂移说正义（代序）

李　森

“语言漂移说”简称“漂移说”。它认为一切艺术语言均处于漂移状态，在漂移中生成诗意或非诗意，在漂移中寂灭或退隐、凝聚或新生；它认为诗性的创造既不来源于本质，也不来源于现象，而源于语言在漂移时刻的诗意生成。

语言漂移说之语言即艺术语言，它包括艺术中的日常语言、书写语言、视觉语言和符号语言等语言范畴。艺术语言既非形而上，也非形而下，而在形而中。“形而中”是艺术语言的滑翔地带，它摩擦着形而上和形而下穿行，形成自为自在的独立时空。我多年前试图阐明的“形而中诗学”作为一种诗学方法，是漂移说语言运动方法的构成部分。

一切艺术（包括狭义的语言艺术和广义的语言艺术），都在语言漂移说的观照范畴之内。

一切艺术都是语言艺术，除此之外，便无艺术。比如行为艺术，它是一种身体表现的艺术，身体在表现的场域（时空）中形成身体语言。身体语言只有在观照的时刻，才能生发为艺术语言。

一切艺术的可阐释性都包涵在其语言结构中，而不在语言结构之外。存在着脱离艺术语言的阐释，但那是非艺术阐释。非艺术阐释之大行其道，已经使艺术阐释全面沦落。

概念或观念阐释总是脱离艺术语言的阐释而自成系统，这种阐释或是哲学式的，或是社会学、文化学、人类学的，等等。非艺术阐释或是对艺术的过度阐释，或是语言漂移超越了艺术阐释的某种路径而形成的另外一种阐释。

语言运动的能力或张力，为任何阐释提供了可能性。艺术阐释如果有价值，那就必须为它划定一个界限，这个界限即是贴着艺术语言阐释的界限。

语言漂移说划定艺术阐释和非艺术阐释的界限，是为了证明艺术语言存在的不稳定性，不完全为了证明阐释的无效。然而，艺术阐释的无效性，亦是语言漂移的一种结果。

所谓阐释，当是语言漂移的路径，但不是说艺术需要阐释才能成其为艺术。事实上，那些伟大的艺术作品犹如一株芬芳出尘的空谷幽兰，它自身的存在已经达到了自足、直观、圆融的境界，它的存在本身无需阐释，因此，它反对阐释。不过，也正因为如此，它有无限多的可阐释性。但必须指出，那种种阐释，是开放的艺术语言自身被灵魂摩擦、砥砺而激活的诗意再生，不是概念或观念对艺术之美的反映。

语言漂移说的方法不仅是对艺术阐释的观照，也是对艺术创作的观照。

有效的艺术阐释或生成某种概念或观念，但其阐释路径总是贴着艺术语言，这是无需证明的常识；而无效的艺术阐释则必然形成“概念控”或“观念控”的逻辑系统，以“自圆其说”的冠冕堂皇调子反对常识。

有效的艺术阐释滋生诗意，甚至是无限多的诗意，它是诗意创造的种种形式；而无效的艺术阐释只有一个目的，那就是通过逻辑归纳和演绎系统获得知识。“自圆其说”的理论知识，多数是强词夺理的“伪知识”。

可靠而有效的艺术创作不表达、分有概念或观念的内涵。其创作过程或与概念和观念发生碰撞，但最终，它总是以一种回归事物、事态原初直观显现的力量，将概念和观念溶解而化生，恰如大海和盐。

从语言漂移说来观照，艺术理论、批评即创作。没有先验的某种理论和批评的出发点，只有具体的语言凝聚和绽放的路径。有效的艺术理论和批评在表达路径中成就自身，它不利用语言的表达或扩张能力奔向某个目标。作为动词的艺术、诗、美只能在语言自我开显的路径中具体地显现，而不可能呈现整体性的目标。艺术语言只有在被利用时才导向整体性的叙述目标。

没有上帝视觉的本体（整体）性的艺术之美，也没有上帝发声式的艺术法则。按照贡布里希的说法，没有大写的艺术（本体的艺术），只有具体的艺术家和艺术作品。进一步说，没有语言自在、自为、自我生发、蕴成之外的艺术。

在《色—彩语言诸相的漂移》一文中，我论述了“本在事象”最基本的四个漂移路径。即“直陈其事”的漂移、“修辞幻象”的漂移、“纯粹形式”的漂移和“意识形态”的漂移。这四个漂移路径囊括了所有艺术哲学或诗学理论的阐释路径。也就是说，古往今来的所有文艺理论或批评路径，都无出其外。本质主义—非本质主义、主—客二元结构理论、模仿说、反映论、形式—内容二元结构理论、形式主义、表现主义等等，均包含其中。这些理论先制造概念，再形成观念，然后利用逻辑归纳或演绎构建庞大而坚硬的系统，将艺术家和艺术作品关进牢笼。这些宏大的理论，都是语言漂移的种种结果，但语言漂移说将它们视为艺术阐释的无效阐释范畴。

我说的“本在事象”，即是艺术语言或它的结构。何以故？“本在事象”如果是非语言的，那么，我们对其一无所知，它们也不可能进入人类言说或表现的诗意世界。这就是说，人的感知或玄想的存在，是一种语言的存在，而不是实体的存在。人是语言的人，能感知的世界是语言的世界。说白了，人和他们的生活世界，神和他们被创作的世界，自然和它的存在，都是语言的存在。与生命有关的存在，通过语言才能确定。正如海德格尔所说：“语言是存在的家。”除此之外，按照维特根斯坦《逻辑哲学论》第七命题的忠告：“对于不可说的东西我们必须保持沉默。”老子的思想亦处于反对说、而又不得不说的两难之间，这当然是早期圣哲对人类的千古忠告。事实上，《理想国》里的柏拉图也处于说与不说的两难之间，但他还是以“假设”的支点和“比喻”的诗性表达方式说了许多，也虚构了所谓“理念”，为人类打制了一副“理性”胯下的马鞍。柏拉图为了做“哲学王”，为了打制这副理性的马鞍，怀着悲智、悲情之心，将诗人——他的灵魂的一半——自己也是个杰出的诗人，赶出理想国。但从他的全部对话录中即可看到，哲学，“本质上”是利用逻辑表达系统而言说的文学。不能洞明这一点，即是逻辑主义的智障患者。

艺术语言的漂移是具体的，而不是抽象的。一个词，一个句子，一个笔触，一点笔墨，一根线条，一种音声形色，作为语言运动的“表象”或“形式”，它们总是寂静地、平实地、纡回地或疯狂地处于某一个作品结构的“位点”上。而所有“位点”，都是“暂住”的位点，即漂移的位点——既不是“本质”的位点，亦不是“非本质”的位点，而是“暂住”的位点。理解这一点非常重要，因为语言漂移说，既非本质主义的，亦不是非本质主义的。因此，语言漂移说反对一切凝固的、教条的、逻辑主义的或任何主义的语言强暴。

一切艺术语言之为艺术语言的确立，都源于人的感觉、感知能力，然后，将其蕴成文字、旋律、节奏、形色或符号。用佛哲学（非佛教哲学）的看法，即源于“眼、耳、鼻、舌、身、意”这“六根”，通过此“六根”的感觉、感知发端，风春万物般与“色、声、香、味、触、法”这“六尘”的“情识”摩擦、蕴育而生发。有效表达的、蕴有纯粹诗意的艺术语言，是一种符号化暂住的、鲜活流荡的“蕴”，即一种自成意味的生命序列。它看似是系统性的，但“实质上”是碎片式的。朵朵桃花看似是一个整体，其实是蓬松一树那相似形—色、彼此陌生的碎片序列。当然，可以假设它是一个整体性序列，并与时序和空间相联系而蕴成之美，但仅仅是感觉、感知的一种假设性的观照。艺术语言的存在序列，犹如一树桃花，见与不见，开与不开，美与不美，都在观照的“此时”那个“位点”上“暂住”而被看见，被描绘。艺术语言的色—彩、笔—墨、笔—触、形—式，永远不能抵达那一树实体的、实相的桃花，因为语言艺术中隐秘的一树桃花，既非具体的一树桃花，也非本质（实相）的桃花。这是语言自身的决定，人或神都不能做此决定。

艺术语言的“暂住”，是语言漂移的“暂住”。是故，

"暂住"其实是诗意的"无所住而住"。《金刚经》说:"不应住色生心。不应住声香味触法生心。应无所住而生其心。"说的是,有"缘起",则"暂住",无"缘起",则"无所住"。在语言漂移中的"暂住",即是"生其心",生诗意之心。

每一个语词、每一个单纯的符号,都是一个小小的宇宙,一个处于寂灭或生发碰撞时刻的生命之蕴。

我们不能利用艺术语言,我们只能激活它,或拯救它。救救我们的语词吧,因为,它们是我们精神生命、现实生命的细胞。

诗意的语言存在,是心灵结构漂移幻化的某种样式;推而广之,可以观照的心灵结构存在的样式,亦是语言漂移迁流存在的样式。至于那些格式化心灵结构的存在样式,则是语言漂移迁流过程中自我固化的种种死亡格式。

从自我拯救语词开始,自我疗救审美智障,即是审美心灵、诗意心灵的自救。

语言漂移说的提出,是要告别所有诗学理论的。但这不是说,要以一种理论的雄心替代或征服另外的理论——那也是逻辑主义的神经病。如果人们有此看法,那是对此说的误解。因为,语言漂移说"本质上"并不是一种理论,而是一种开放的、处于语言运动自我生成诗意时刻的审美方法,一种素朴纯真的人性观照思—想,一种自我拯救语言—心灵的行动。在它为人之为人的审美自由开掘路径的同时,它就是某种随时处于被激活状态的审美自由。

2017.10.6 燕 庐

目　录

欢欣之乾

欢快之震

欢愉之坎

欢腾之艮

欢好之离

欢洽之兑

欢慰之巽

欢喜之坤

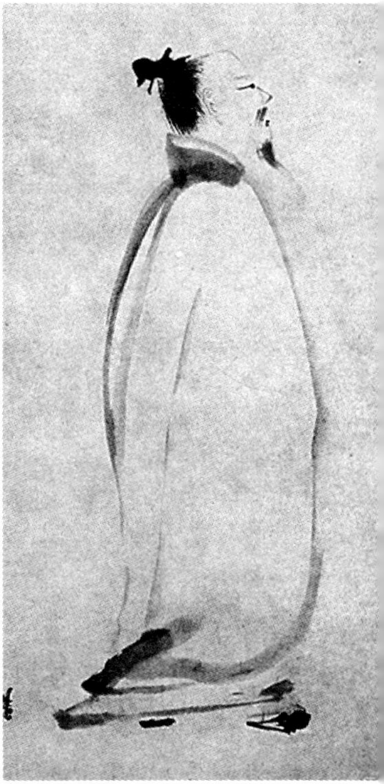

梁楷

李白行吟图

欢欣之乾

四言·子适东南

文终侯鄚①，文曲再时。
子适东南，翠龙②喜迟。
香玉巍巍，芳菲忆之。
子适东南，潮其纵之。
锵锵漓漓，三代流风。
凤兮凤兮，何诗之标。
江河逐地，漭漭赠之。
子适东南，大千候之。
日月丽天，陆离馈之。
子适东南，有无味之。

① 文终侯，汉代萧何的谥号；鄚，萧何封地，亦为作者出生地。

② 翠龙，周天子骑的马。

骚体·幽临泽山

幽临泽山兮，空对斜阳；
寂坐梧桐兮，聊歌情长。
轻拂悬丝兮，怀我伏羲；
感念四海兮，斫木而为琴；
梦与八卦兮，聆风以正音。
龙池腾兮指天，凤沼涌兮含地；
朔风卷兮暗伤，春雷滚兮入冥。
九州同而雪瑞兮，玄鱼以顺永德；
一心怜而方圆兮，清流以趋太和。
空谷幽兮女怨，操绝而人赧；
我何歌兮有时，攫熄以混虚。

五古·种菊

种菊谷雨时，还忆惊蛰子。
施泪待小满，复洗芒种日。
夏至与琴操，立秋为新词。
缺月遗疏影，已得白露祉。
子夜思暗香，不觉大雪迟。
天地皆缟素，且莫黄花痴。
来年种菊否？春分李如是。

五古·归途又雨复得

病则神鬼出，累则理想无。

写诗也是欲，敢说一句：“去?”

七古·长夜吟

长夜漫漫或凄清，
东南西北风吹冷。
点烟须臾三两次，
喝水春秋四五声。
黄花发言说胡话，
青枝偷笑写迷情。
红狐下乡打飞机，
白蛇上山盗升平。
无心打架思田园，
有人扑火为浮名。
栀子香残蚊子肥，
英雄身退狗熊逞。
仰天不叹且睡去，
梦里醒来月华浓。

七古·登徒子行

春风佳人忽临世，
绝代艳惊三界魂。
却道颜色复如何？
君不见西施弃捧心，东施悔效颦。
貂蝉徘徊月不闭，
塞外鸿雁飞无痕。
君不见纨绔抛千金，少年始开春。
僧道九百出其门，
普天须眉思沉沦。
盈盈而笑，婷婷而立；
行走翩翩，热风阵阵。
娥眉频频暗传情，
樱唇颤颤宛飞吻。
噫！此尤一经世兮，
众香群丽埋春闺，
杨妃新妆双眸颓。
呜呼！善之善也哉！
登徒圣子有诗云：
宁不知自古红颜多祸水，

青春容易清风随。
人生在世何所乐?
美酒佳人夜横陈。

五绝·与东灵夜饮怀海上女侠隐渝不归

梅花不理我①，江上怎么开。

大曲高几度，当然老窖来②。

---

① “海上女侠”是刘东灵为袁虹所起之雅号；袁虹笔名“梅花落”，简称“梅花”，原籍重庆，曾长居上海。

② 大曲，即李牌大曲；老窖，即梅花老窖。皆作者自酿之酒。

七绝·约酒不成偶得（中华新韵）

清秋夜色有还无，
约酒不成好著书。
自在独酌耽换盏，
忽如众妙上心乎……

赵佶

瑞鹤图

欢快之震

七绝·漓江八首并记

仲秋，李子携内人游桂林，专于吃喝游乐而无意写诗也。时泛舟漓江，烟雨蒙蒙，乃拍照发朋友圈，顺手配文，是为“漓江烟雨宜迟钝，风月山人不写诗”。朱义山茱萸跟帖曰佳句难得岂可无篇，谢之。是日傍晚，安坐江边楼台，远眺群山，无聊中与妻诵历代咏漓江名作，拙荆忽云：“都不好，你写首吧。”虽遁出江湖，敢失之佳后，遂应之。乃胡乱口占六绝，七日后得暇调律并增补而八。是为记。

漓江烟雨宜迟钝，
风月山人不写诗。
倚待蜗牛呈一动，
秋黄秋绿画秋时。

江畔楼台秋瑟瑟，
对妻诵遍咏漓辞。
难堪名水需佳作，
请为青山占绿诗。

推开山色露华浓，
拨动孤陵觅岭丛。
仞外不知多少座，
腹中更有万千峰。

桂林自古声声慢，
山水从来不著书。
鸣鸟撩人和犹远，
无仁无义也无图。

阳朔晨昏最入眠，
谁听江水洗江山。
饥餐渴饮心无事，
懒梦蝴蝶懒做仙。

朝鸣凤尾暮食虫，
天养散鸡候曲星。
此刻烹尔填我赋，
长膘后备补天情。

遇龙桥下清光晃，
摇动扁舟数倒峰。
少女浣足习水戏，
游鱼未扰妇人惊。

弄罢桂花将欲行，
青山媚我以双峰。
难舍今日舍明日，
只道从君付一生。

五律·撒娇诗院仙魔同舞，夜夜笙歌，啤酒多耗，冲马桶之声频传

子时吟大赋，浩瀚似池塘。
梅雨连天地，蟑郎①恨凤凰。
远人溶混沌，近者涌苍茫。
却是冲东厕，其声也咣当。

① 郎，即螂。

七律·喝酒生涯

叫爽的何方好汉！
枕曲者哪路英雄！
三山五岳清欢酒，
万粟千粱老妙公。
救国今生凭海量，
遗诗后世纵天风。
杯中那些真无性，
水火来回看小红。

虞美人·麻将谣（中华新韵）

摸了六万胡推倒，
麻将真的妙。
小桌今夜总东风，
张子不堪回首半局松。①

中华大事清一色，
胜败都能乐。
对门兄弟有牌德，
不碰不吃不杠纵高歌。

① 张子，麻将术语，即牌型。松，散乱。张子松，即牌比较差。

浪淘沙·峰外又观山

峰外又观山，
直上苍天！
风流相抱玉屏前。
歌舞催琴生是梦，
唯你寻欢。

好汉笑凭栏，
其韵何贤。
举杯相对日头边。
堪赋新文三万卷，
留醉人间。

[双调] 碧玉箫·出沱河记

者也之乎，调酒又何如。
思瘦吟腴，哭笑字玑珠。
寄呼庄仄韵庐，证沱河悟道图。①
随日出，故垒齐横竖；
逋，正漂向云生处。

似大却无，商政猛于猪。
漫卷诗书，天下纵狂徒。
济英雄已是巫，善己身最受诛。
其寿欤，乱写文章素。
嘘，且把这慈悲度。

---

① 永城市境内沱河贯流东西，临东界之南岸三里遥有呼庄初级中学，为作者始习古诗之所；向西二十里为永城第一高级中学，系作者习新诗处，亦位于沱河南岸，去水仅八百米。

小品·鬻书人赠书序并诗[1]

兹有典籍若干，主人无睹，怜其架构，直欲赠君，聊慰吾心也。

某，一介布衣，斥书为生。时左擎而右掇，宛若状元意气，俨然文曲情态，大谬乎？然也。贩夫唯有活口之意，决无大逆之心，以此澄澈，日月可鉴。呜呼，吾与汝同此缘，所异者，阁下读书，在下卖书。昔以卖书之身，进阶读书之心，嘻夫！

吾日购万卷，非为读也，癖也。时维花明柳媚，每抚其勒口；独坐梧桐秋雨，抑摩其质地；幽潜暗夜寥廓，或拥其墨香，则魂可共天，魄乃浸地，心声于经卷，微感在人间，堪比附庸风雅者也。当是时也，手执一卷，得渡夫子殿堂；值斯境也，不阅半文，亦堪长抒空明。性灵乃畅，肝胆咸怡。鬻纸者可如此界，当赴雷音主持矣。

遥追当年，我频抱简；俯窥须臾，山川贺牍。

---

① 其时作者就读图书发行专业，自戏称书贩子；将毕业，书太多拟送人，为此布告。

愧哉！夙乏诵册，常酒为籍。浮心而无意卒阅，躁歌以为势远足。若夫甲骨金石之虐也，何颜面兄姊，伏惟离桑梓。念汝文兄，感吾寒友，怜其文理，某必有所为也。

卅月所积，韦阁横溢。某素飘荡游移，仙踪莫定，每迁则劬于汗青，诚煞我逸气也么哥。吾售而非藏亦虚味之，复鉴于诸神壁望，阿姊有忆，特此广而告之：兹有榷文者出经留笥，其累年所守千钟粟黄金屋颜如玉只与痴且堪昭其思扬其神者，识货者分文不取，不识货者千金不卖。有诗为证：

能明物事何须字，我把秋文贬入春。
始以寻行持恳恳，终乎数墨掷彬彬。
流传顺序从兄弟，散布经纶向汉宸。
晓梦陈桥①天下一，可怜最是读书人。

---

① 赵匡胤陈桥兵变建宋，立祖制：不杀读书人。

民国体·论诗会的局部延展性[①]

0

竟是如何之节奏

人海中底太阳　吐露了光芒?

我底眼睛又是怎样一面镜子

映出那交汇时光亮?

1

水　一声天籁

自一条幽谧小径

Break into my psyche

宁静　甘之如饴呢

乃见蝶儿

翩然兮飞来

Fly fly gently into my bosom

F, your voice f me a silence

---

① 民国体，作者自造，谓其语言中西、修辞古今、情趣穿越之意。

2

你四四拍的小手（如柔荑，长在香罗翠袖中）

是月光的芒在轻轻击打

我无名指上的节点哦

May I f you？

Cos I sing a f

Cos a fairy song from my heart

慢些，再久些……

Yes yes，just do it

3

Pretty f lip

Pretty pretty f lip

Oh yeah

以灿烂的名义

暗渡石人谷　愀然无息

Oh，fling，我的欢乐只对你开放

F f with the f all night

That's what I wanna，the beauty

4

I know，a lip is for honey

I know，a lip is a honey

昨夜我还在信仰一盘凉拌土豆丝

So tonight，我开始信仰疯子（and I will be whose lip manana is beyond the sky）

So tonight I make a honey lip to honey you

But honey，tell me

Do you really lost your honey?

思念的唇，红了

弘仁

长林逍遥图

欢愉之坎

散文诗·土豆丝之恋[1]

从前，在很远很远的地方，有座山，山上有座庙，庙里有个老和尚，在给小和尚讲故事。老和尚从早上讲到中午，从中午讲到晚上，从晚上讲到第二天清晨，数万年如一日，一刻也没有停止过。小和尚们不仅不厌烦，而且听得津津有味，甚至连麻雀也落在了山门外的树叶上，静静聆听。蟋蟀们和草莓一起老远赶来参加这开光的佛会。在这群浩瀚听众之中，有一颗土豆，灰灰的，没有光泽，独自躲在角落里悄悄垂泪。

他在这浩瀚的物群之中垂泪。他靠听老和尚讲故事或舔食泪水活着。他甚至在自己身上培育了一条土豆丝。泪水汇作了一条宽广的河流，那条土豆丝就在这条河上漂流着。一路上两岸所有

---

① 散文诗，亦可谓小说诗、寓言诗。此前为各体杂集，以下均为现代诗。作者 2013 年春编选《痛苦哲学》同辑本集，《痛苦哲学》为编年，《欢喜伦理》为分类，奈俗务倥偬，初有构思而未竟；2016 年初策划“苏州河丛书”续编本集，得新旧诗各五十余首，难以融合，亦未果；及入师李森教授，方悟此文体之漂移也；2017 年夏，乃编定。

的寺庙里的所有的小和尚都向他挥动袈裟，但他只能听到一声声苍老的问候。土豆丝漂流了很久，他到了很多地方，他懂得了战争、仇恨与阴险，也懂得了爱情、生活和遗忘。但他最终发觉自己还在土豆身上，还在庙里，还在山上。他从没有移动过。只是那条原始洪水把他带入梦境。

春夏秋冬，四季轮回，几十万年弹指一瞬间。老和尚的故事还在讲着，不紧不慢，天上又落下了许多花朵。

突然有一天，土豆丝寂寞难耐，向河流中扔了一块石头。洪水遽然涌来，就这样，整座山脉从土豆丝身上流失无影踪。土豆丝却十分高兴。他是那个世界末日里唯一开心的土豆丝，因为把自己抛给了未知，堕落是一种春风拂面的美妙。就这样又混沌了几世几纪也都未能明了。土豆丝混日子混得很开心。

有一回他痛苦抽搐，他不明白为什么。洪水开始变得冰凉。

洪水结冰了。

在洪水结束的地方，那座山又静静地长了出来。仍然有一座庙，仍然有一个老和尚，也有许多小和尚。只是故事没了下文，不知有没有讲完。听众早已散去，只有土豆还在垂泪。

土豆丝终于明白，他已经秘密爱上了万年之

后的那颗土豆的泪水。但那不是一颗真正的泪水，那只是一颗石头。土豆诞生的石头。这份神秘的因缘，使得土豆丝狂热地不断通过思念、梦境、暗喜和战争、仇恨、自虐、堕落、痛苦来把灵气和生命注入那颗石头内部。土豆丝是造泪的绳索。每当太阴暗旋之时，石头的头顶便有流星飞过，奇光普照。泪水终于汹涌而出。

山，庙，和尚，再次沉入忧患燃烧的水底。但历经了线性流逝的考验，这次的泪水，温润而富于弹性。度过了无数劫难的土豆，此刻大声地哭了出来。粘血的土豆丝是泪水中最厚重的实体。无可奈何而饱含深情。水中袅袅升起意味深长的缕缕炊烟。凉拌土豆丝是第一个秘密的婴儿，鲜艳而包含存放的意念。然后母亲们驶向永恒寂寥的归宿。泛黄的羊皮纸上洒满了象形文字——

土豆丝：我爱你！

土豆泪：……

土豆丝：我爱你！！

土豆泪：我不想伤害你……

土豆丝：我爱你！！！

土豆泪：我试图爱你。

土豆丝：我爱你！！

土豆泪：我无法爱你……

土豆丝：我爱你！

土豆泪：……

秘密的爱不可遗忘。土豆丝再次陷入痛苦，抽搐。土豆的洪水冰凉。在明月高悬的酒杯里暗奏心曲：几世几纪，爱，造泪的才华，能够再次温润淹没？馨香的情，把这山，这庙，这和尚，这故事，柔柔包围？

日出月落，刮风下雨，日子平常而激荡地溜了去，奇迹还没有出现。只有老和尚变得沉默，土豆丝的秘密爱情注定让他无法安度众相。于是戒荤，老和尚从此以凉拌土豆丝为命。涅槃，也只有土豆丝显得温情脉脉了。

在很久很久以前，在很远很远的地方。有座山，山的名字叫作灵山；山上有座庙，庙的名字叫作雷音寺；庙里有个老和尚，老和尚没名字。

给冯儿（节选）

秋天深了，神建议我提高生活水平
秘密赠我吃、喝、嫖、赌四字诀
我大喜，从此决定热爱生活

生日小令

有一钩明月从一首小令里升起来了
曲径真的可以通幽
在皎皎月华的黄金分割处
我采撷到美
于是用水晶的心情包了
再一首《沱河二八曲》的可心歌谣
交给弯弯的小船荡啊荡悠悠
流向水天一色的童话里的
玲珑可爱的小阿妹
让缕缕古老的馨香
在她粲然的笑靥上——发芽
拔节而长是生命的葱茏
还有一两片月色溶溶
洒满纯净纯净的梦

子夜阳光

　　梁山伯
　　祝英台
是否可以作为
　　碧绿的春风
　　　　所以浩荡的
冠冕理由

上帝创造了爱情后
便对人间撒手不管

阳光便积沉在子夜时分

请铭记伟大的撒旦
请沉湎于伊甸乐园

生命没有逻辑
把自己抛给时光
只要歌唱
　　无论落在哪片云上
只需大笑
　　随它东西南北任飘荡

芷若十四行

白芷为谁疗伤
杜若徒自芬芳
是这样美丽负伤的少女
敛起花房
躲在月亮上

平原上的少年
能治疗日光
香草的根很苦
郎中的铲子欢快
悄悄泅过珠江

药到芷若为止
夜从少年升起
星星们眯起眼睛
看得月亮浑身美丽

红嘴相思鸟

清烟也恁袅袅，为何吹无痕
春山空翠，并无二次红嘴的相思
浸透的意象，荡神话的童贞
水上的少年郎，在写一首赞美诗

五百年前我已经杀死逻辑
我的线装书不渡你丹丹石榴裙
相思的红色传说涉及离奇
善良的月儿啊收起她冷艳怨恨

有时候我在水上醉意淋漓
我的手上长满你的芬芳，小情人
你将忘记兰波扁舟的奇丽

鸟儿红色的唇你红色的吻
青花古瓷像我一样在天上等你
芙蓉绽放一朵妩媚的早晨

清晨，想起了冷月无声

清晨，旭日东升
我快乐地叹了一口气
想起了冷月无声

清晨，想起冷月无声
我快乐地叹了一口气
一缕明媚的阳光
　　把我的牙齿照耀
　　把我的舌尖照耀
　　把我的咽喉照耀
清晨，有一缕阳光把我的
白天照耀

我把一缕阳光咽下
于是她把我的胃照耀
把我的肠子照耀
　　她在我的血液里微笑
　　她在我的左心房里奔跑

我神经安好
黄昏迟到

清晨，我爱上一个懒腰
啊！明媚的阳光里
人类多么美好

唐伯虎和秋香姐

唐伯虎初春小醉，梦中被秋香姐推下桃花，摔坏了屁股，囿床数日，遂具撒娇之模样焉。

第一歌　桃花春

春天，唐伯虎放下酒杯
桃花恣肆开放
秋香姐从唐伯虎内部取出春天和酒
唐伯虎浸在其中
随意成形
春天啊，春天开始坚硬

第二歌　桃花香

清晨
唐伯虎从酒中取出表达
揪住了你云朵的脖子
秋香姐，细节白嫩的秋香姐

桃花粉红的秋香姐
脖子周围的云朵漂浮不定

黄昏
唐伯虎举起酒杯思考天条
桃花和桃花一起笑得粉红
秋香姐，十指绽放粉红的秋香姐
给酒杯散发胭脂的秋香姐
溅唐伯虎一身桃花蜜

夜深了
秋香姐抓住桃花开个不停

第三歌　桃花酒

唐伯虎手指如蝶
蹁跹花蕊之上，粘出滑腻
秋香姐，绵绵不绝的秋香姐
佩戴桃花的秋香姐
在酒杯里愈潜愈深

桃花无限呀
酒的中心紧缩
所有的花朵都试图进入桃子

桃花仙人抓紧喝酒

醒了坐着，醉了躺着
秋香姐却从酒中探出头来
和唐伯虎一起享受桃花

第四歌　桃花痒

唐伯虎安守江南
手持酒杯拾桃花
拾秋香姐噘起的小嘴

唐伯虎沾染了哪里
秋香姐感到开放的痒

春天的诗集笑语盈盈
秋香姐披上桃花，桃花粉红
桃花粉红，反复开放

第五歌　桃花庵

唐伯虎坐在酒上采摘桃花
秋香姐，你命中注定的寡妇
隐蔽的风流、陌生音乐

酒在升高，唐伯虎下降
桃花飘在酒上

秋香姐，你无人知晓的寡妇
桃花构成的寡妇
盼望弟弟成长的寡妇
躺在酒下，唐伯虎采摘桃花

桃花粉红，反复开放
唐伯虎荷月远去
桃花飘在酒上，反复开放

第六歌　桃花钉

把酒钉在酒杯里
把桃花钉在桃树上
唐伯虎守住季节
画出停顿的符录

天黑时和尚从远方走来
说出只言片语
把秋香姐钉在唐伯虎上

酒的涟漪
是桃花无名的颤抖呀

胡安·米罗

吹号的诱鸟人

欢腾之艮

酒局

大千世界　子民纷呈
今夜同赴桃李盛宴
言必称之乎者也，非子曰者不得饮之

炎兄司酒，黄兄致辞
尧舜禹三兄弟平端三圈
奴隶时代就算了，尔等可自秦朝始

子龙兄海量，快酒著称两汉
一关打下来夜色已深入三国
其时众兄弟你来我往，频频举杯
两晋清风止不住天昏地暗
数番恶战，若干鸟人落马
杯盘狼藉，杨兄短命，残局需待李哥收拾

何不借机饕餮乎
啤酒肚腴焉，诚盛世福相也
子虎兄雄壮，此丰乳肥臀发配于你
子凤妹妹高欲，其一营足欤？

以人为本，解放生殖力
乃我天朝大国立国之本也

五可伙，十则堆，蛮夷远亲串门为敬
隔千桌而遥呼，击具过电，起坐喧哗
赵兄兮醉态可掬，难敌北座列强
朱兄兮弃杯而坛，重振族人雄风
恍惚萧墙起祸，扎辫子那厮摘红夺黄
天下大乱矣，群魔狂舞也
数摔杯而眠者，普桌之下，舍蒋兄其谁

持杯巡行，诸相或安坐，或乐躺
四壁皆飞，海天寥廓入我心胸
但笑问百花摇曳残酒中
下次再聚，试看□□①宝刀未老
一杯一杯复一杯，何其慷慨也哉
李牌大曲尽入英雄方寸
虽醺醺而卧亦可曰怡怡然登高云尔

---

① 有奖竞猜：喝到哪里啦？答案发送到18918117111赢取好酒。

天下酒事

又租了一个浪子名分
遛到西晋某一个竹林
与李白称兄道弟

大肠小肠们便凑在一起
切磋一下万宝路与红塔山
谁的焦油含量大？而女儿红
已含羞离去，众二锅头
齐声大喊要爽死我们

白兄早已甩去附点音符以及
破折号之类，笑声们
从杯底腾起
溅我一脸胭脂

“白兄你醉了，待小弟扶你回图腾中去
刘伶他们哥几个都已肝硬化了。”却见他
绣口竟直伸向——酒池

我大惊，胡说白兄你还是去
无伴奏强奸历史吧

李白大笑，打马东去
“他年再相逢，漫山竹叶青”

独孤求醉

——咏梁健

古来圣贤皆寂寞

惟有饮者留其名

——李白

兀那瓶子太小了也，喝醉很有困难

我们的胃部收容过五湖四海、万水千川

怅想当年，夸父若识得我们，哈哈哈

饮马西湖，师傅打何处而来

小二，先切斤牛肉，打十斤二锅头来

我从东土大唐而来，从青莲乡而来

我是一川黄河水，打从天上来

梁老好啊，敬你一杯啊，一杯怎么够啊

二杯来下肚啊，三杯感情深啊，四杯是亲人啊

老梁好啊，再好一次啊，五魁首啊

六六顺啊，我喝酒来你吃肉啊

巧七媒啊，还是我的，哈哈爽啊

八匹马呀，又该你了，我陪一杯
九到顶啦，满堂红呐，大哥你真厉害！

天空是我家，日月来看茶
我以油门为刹车，少年人时时力图
以胃下垂来振兴千古酒业大计
天在下雨，娘已嫁人，这瓶里箱里都是咱的了

夜色甜蜜，情义一样浓厚。如何回到天上的
不必追究，待我一寸一寸醒来

老虎屁股

哦！老虎屁股，看到你真是开心
哦！老虎屁股，忧郁看到你真是开心

老虎屁股，不黑不白
老虎屁股，不红不紫不青不黄
老虎屁股，色盲睁大了眼睛，真是开心

如荑之手无措也，他要摸你
你不软不硬的老虎屁股
你不方不圆的老虎屁股
你不骚不浪不淫不荡的老虎屁股
断臂的孝子真是开心

拉完屎拉出道德的老虎屁股
没事四下里找鞭子的老虎屁股
你就是樱桃绣口停泊的地方
长久沉没的诗人真是开心

大雨滂沱的夜里，众神从天而降
摸着老虎屁股捱向天明
不干不净的老虎屁股真是开心

无事生非

那天我曾以桌子的标准要求椅子
并且把咖啡换成啤酒，一直大笑
直到太阳描出山脉，山也疲倦时
布什还在用演讲的方式捕捉飞鸟

神在午夜卸下三条床腿——折断
山羊和野猪经过谈判生出了老虎
四海之内兄弟皆在一起随地吐痰
这些搅动天下的制度已不辨公母

我爱你，这并不意味着我不爱他
蚂蚁上树的同时谁喜欢吃大米饭
牛粪上的水仙已经并将继续开花
面对中国人民我也常常有口无言

闲暇时对着美国的民主敲上一锤
朋友，还请把这杯啤酒换成咖啡

骂人的吉日

天气晴朗，阳光明媚
多么适宜骂人呀

明哥的花骨朵绽放于
他解释了世界

甜味和香味同时源于
众人昏黄的皮肤

月色之下
嘴角升起

声音和唾液
向生活内部幽深

纪念我的胡子

敬你，全部敬你，胡子啊
最后一帘清洁的月光，敬你
最后一阵婉转的风响，敬你
最后一个幽静的夜晚，一朵小花，敬你
随后一片阴暗的天空，一汪凄凉的海洋
也敬你，甚至一条破碎的公路
生硬的河流，颤抖的土地
也敬你，敬你，一首疲惫的诗歌
一丝冰冷的灵感，一只酒瓶
一截烟蒂，敬你，全部敬你
最后一脸发霉的个性，敬你
最后一节喘息的表情，敬你
最后一个梦想，一种风流，一点神奇
也敬你，敬你，一个沦陷的朝代
一段堕落的历史，敬你，全部敬你
你的瘦弱的身后
一堆堆废墟昂首并逐你而去如狼

笑

假如我笑得很难看
请听我的笑

假如我笑得很难听
请看我的笑

假如我笑得很难看也很难听
请感受我的快乐

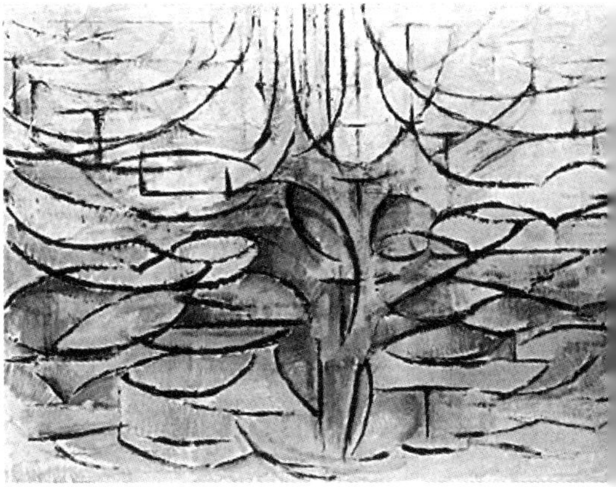

蒙德里安

开花的苹果树

欢好之离

河南黎明

黎明降临河南大地
天气亲切　植被温馨
三间二间散落的房屋
一定为老乡们遮挡了风和雨
从安徽到河南
黑夜的旅程耗费了我一生的忧伤
看到这清脆的河南黎明
我就认为自己走完了黑夜
我要讴歌这黎明
黎明滑溜溜让诗人从农民兄弟的嘴唇上取得了表达

春申黄昏

黄昏在走动
小草多柔软

大地上迷茫的人啊
天空为你们而思索

我以脚为笔
在水中发现诗篇

谁家女多娇
对着晚霞在撒尿

缪斯之旨意

王在天下写诗！命令
你——芳心暗许！
献上藏得死死的爱情！

你啊，你是坏脾气的花喜鹊
爱哭就哭，爱笑就笑
朕不知如何疼你，特许你飞翔不用上折子

爱上我是一生的大事，你慎之又慎
给全国的女孩子树立了好榜样
我于是进一步回到了人民中间

骑乘闪电的登陆

我来了。踩岁张弦
我的降临多如闪电
披火而舞，烧了焦尾之弦
我的降临多如闪电
从世界走向自我，否定上帝
我的爱情多如闪电

闪电，万物的舵手
闪电，电极亲吻的火花
闪电，云朵在爱情中积累
在黄昏的拥抱　那死亡力的释放
倾诉　歌唱　沉默——三翼天使
飞来火焰，燃尽时间的长度

爱情，对外部世界的最高体悟！
从暂时走到永恒，了却
夜的形象　了却昼的概念
那时除了美妙的醉酒
我们的内心一无所有

爱情，源于酒和心情的上升！

骑乘闪电而来
多如一条直线
深处向着枫子
高处向着爱情
9——3 的自乘
绝如爱的象征

墙外桃花

春寒料峭，桃花无聊
召唤人们的双手多做无益之事
北方的桃花位在日支
不香不艳　却叫人乱
今夜的桃花都回不了家

三月前面的花蕾干枯
在暴力中麻酥，吐出行板，吐出火焰
待到露水洒下清凉
墙里墙外的桃花竟相绽放

迎惊蛰深情回报采花人
墙的心思活络，眼睛一眨一眨
在寅时偷偷把自己打开
第七朵桃花想红　内在的蜜悄悄流淌

墙外的桃花心疼过墙里
墙里的桃花也将播种到墙外
花的事儿生的趣儿全在那些无聊的开放上
啧，让小猫小狗一起来采摘你

莱布尼茨的春天

已知：诗歌

数学

求证：诗歌＋数学＝爱情

证明：我追求：度数——

你的刘海上

左起第三根与

右起第四根秀发的

幽雅的夹角

你的殷红的

上唇与下唇的

热情的夹角

你的白雪的

颈和肩的

感性的夹角

我祈请：函数——

它们的八个三角函数值

是那样精确地分别相等

就像单位的本身

我祷告：减法——
对你修长的玉腿
提取公因式后
余数为零
我请求：作图——
胸部与臀部的切线
是那样清凉地平行
我请求：求导——
对于前后左右四条曲线
我得出那玲珑的常数
而弹性分析之后
美好令我昏厥

上帝，我祈请：献诗——
我谨以唇的丹丹旋律
为你的曲致
献上一组天然的
方程式

检验：只要水儿开心
只要你的温柔对我稳定
管它是三角形
还是四边形

今夜月明

你的睫毛

飞出七十七只花喜鹊

来接李大公子去畅游秋水

夏日的红颜

少女张花蕊，邀我来采之
她和五四一样热爱呐喊
她比先驱更加善于进步
咳，无论如何，我管不了下一代了
咳，不管怎样，从啤酒到少女
革命方向问题已经解决

1+1=2，1+1=3，1+1=4
1+1 她想等于几就等于几
少女的算术过于平淡
她总是在重复姐姐的答案
等于 0 最好不过
等于 10 就要把我累死

在夏天喝酒，动作要粗鲁些
再粗鲁些。可是，哥们你知道的
上流社会太辛苦，底层人民太无聊
无事生非委员会决定停批新的娱乐项目
是谁帮助李白把一个人的闷酒喝出了花样

真要佩服那些做快速消费品营销的人

半夜里少女们常常拨错电话号码
我谁的电话都接，可花喜鹊不再歌唱
长久沉默的李氏情诗，那美妙而热烈的音符
竟要何时为谁再次吟唱
那么多年过去了，我还是那样容易忧伤
我真对不住天下姓李的兄弟们

以坏为生

老李慈眉善目和蔼可亲
走路时散发着一团善良和真诚
空气清新　我的模样最受少妇爱戴

路上行人很多　车来车往轮子很多
女人数量的多倍　扭捏也很多
想法很多　也算美好　生活随之起伏不已

她眉清目秀　眼影漫过了对称的天空
爱看我就大胆盯住我
腮上带着微微的红

其实我是多么的害羞
不时低下头把骄傲埋藏胸中
可扑通扑通的心跳把我的爱意献出

众人行色匆匆　表情麻木
并无人在意或是嘲笑我
我且抚摩发烫的脸儿　长出一口气

眼角似动非动　我偷偷乜她一眼
并迅速回味她也许早已迷离的秋水
呀，多么的惑魅　我把头埋得更深

心跳鞭打着时间　这路途短暂就要结束
青春无比珍贵　就这样白白逝去
明天我就是一个糟老头子

暗喝一声　调整面部细胞的排列
养千日　用一时　这些分子今天相当听话
马上进入庄重的笑容

缓缓，转过头　轻轻，启秀口
柔情蜜意许多，一起打包发送
“嗨，你可爱的……”

话未毕、眼瞪大、心跳止
霍然起身！她急急跑开，留给我瘦瘦的背影
后背剧烈的起伏透露了她高耸的肩部

终于到站了。车门甫一打开
她一下子就跳将下去，用力奔跑起来
并不时抬起袖子抹着眼睛　那一潭淅沥的秋水

抽噎透过车窗戏弄我无辜的双眼

老李慈眉善目　语言照耀过天下少妇

伸个懒腰，我断定她是一位少女

康定斯基

即兴

欢洽之兑

让一部分人先诗意起来

是虎，我们就给一座山头
不可抗拒的是石头的花纹
是龙，我们就给一条河流
诗歌必将重铸祖国的精魂

骑上九十九万支东方山脉
宽恕几度喧哗躁动的众生
渡过欲望滋生的一切大海
神在清晨把春天抬入光明

圣火燎烈吹遍城市和乡村
大地丰盛生下苦难在飞翔
青春的诗人合力拨开混沌
人民站在云朵上呼吸芬芳

让一部分人首先诗意起来
水面上桃花正在秘密盛开

梅花

北风起了念头，昏在伯仲之间
大雪的寓言刚好剔透

乘着含苞之兴，向悬崖炫耀温度
跟世界搭上关系相互熏陶

梅花去找梅花一起开梅花大会
生命开始灿烂，梅花掌握了通感

致小青并其他班主任

你们这些夏天，没有风的午后们
太阳急切地闷着大地

呕心呀沥血　还一把屎一把尿
就是要把我们培养成一个又一个奴才

石头骄傲　无须草木
山峰无限　十万八千个兄弟蜿蜒

眼泪也没有用呀
喊一声哥哥也许有糖吃

书妮

书妮，一种情绪的流动
从偏向海上零点一度的方向
逆入二号门的第三块
有机玻璃，以及她的反光

四月即将到来。春天也开始
加深，影子拖得长长
你来了　看到什么？说出
五种不同的答案　同样惊慌

步子加快，超过六种布局
佐以七条丙烯　使色彩迷茫
再高一个八度吧！然后大家
一起进入火热的夏季　徜徉

长星已照耀九州。书妮，我
十指舞动，为你泊来无形之火

十月的润滑油

（有题无诗）

好玩的不因我说好玩而不好玩

椅子倚墙
好玩

杯子盛水
好玩

小朋友谈恋爱
好玩

尸体奔跑在大地上
好玩

幸福

五行失序　八卦失调
我已在黑夜的上海埋下
一颗石头

痛苦萌芽
以朔风的荷尔蒙为食
以水中的春天为饮
18 年后坚硬成长为
我的儿子

18 年后开始有四季依次降临上海
像挨了阳光的揍
怀抱女儿的女人们朝向蔚蓝天空
呼出光荣的声音：

原来上海还有男人！

我每天感到的日出日落
就这样主要分成早晨、黄昏和儿子几个阶段

我的兄弟姐妹

（小剧场独幕剧，撒娇剧，无事生非剧。）

赞美是一切问题

我因此而被召唤

——里尔克

序幕

各族人民歌颂幽幽

明哥疯了

他每天忙于发明

骂人的新技术

他从早忙到晚

还要从晚忙到早

忘了睡觉

怒向刀丛觅小诗

横眉冷对千夫指
明哥真牛

其实明哥最牛的地方
就是他骂人的时候
发现了美好

于是明哥赞美幽幽飞
明哥号召各族人民
大家一起赞美幽幽飞

第一场
各族人民争当巴陵

人民的早晨从下午开始
巴陵的和风总是很早

很早就向大树吹拂
大树的梦境很美

巴陵：宝贝，早安，深深祝福！

明明：啊，我们的红旗已经插上了巴陵的肩膀

巴陵：一日一次亲吻
　　　一天三顿好好吃
　　　一周七次收看日出
　　　一年四季认真轮转

明明：大海航行靠舵手
　　　大树灵动靠巴陵
　　　所有的风都向巴陵看齐
　　　所有的雨都梦想成为巴陵

红领巾幕后伴唱：
　　　巴陵，巴陵，我们的未来
　　　噢耶噢嘞哦
　　　天热要扇扇子
　　　政治进步要做巴陵

第二场
各族人民学习小老鼠

我们走过了他们的时代
我们提前度过了自己的时代

大都市的街头人群涌动
人消失在人中，路消失在路上

小老鼠：天冷了，多穿件衣服
　　　　戴着眼镜，不要熬夜太久
　　　　皮肤属于风雨
　　　　生命自己忠实

明明：农业学大寨，工业学大庆
　　　过日子要学习小老鼠
　　　我的内心开满花朵
　　　张口就为你吐露芬芳

小老鼠：我是老鼠小笨笨
　　　　我是世界偷油王
　　　　家中自有粮满仓
　　　　还偷大米散穷人

明明：我是小明大坏蛋
　　　每天都要闹革命
　　　今日六一小孩节
　　　做碗面面喂老鼠

好孩子合唱团伴唱：
　　　我出生在大地上

我舒展在蓝天下

我为了革命好好学习

偷了大米还偷油

第三场
各族人民怀念石头樱桃小婷婷

这世界需要石头的质地

这世界需要樱桃的风情

各族人民把石头嚼成了樱桃

天堂下站立着红红小婷婷

石头：石头里蹦出了杭州

看众人滑出微笑

众兄弟姐妹天各一方

为这春日深情，把心曲歌唱

樱桃：明明有风，树叶不动

是风不动？是叶不动？

远人传来灌溉的号角

我眯眼了，我红了

婷婷：我总是婷婷玉立
莫要怪我压倒你们的风情
怀念我吧，我在宁波
各族人民要努力定风波

明明：我是光荣的各族人民代表
今夜把这怀念的泥土撒向大海
天地这么大，胸怀如何不宽广
你们走了，我们都瘦了

红领巾的合唱声渐行渐远：
我强壮的哥呀，我瘦弱的弟呀
我白色的姐呀，我蓝色的妹呀
你们都去了哪里，你们还好吗
西湖的水已倒影了北方偏上的云

第四场
各族人民热爱简然

微微千言道尽人间不了情
除了爱，这世界上难道还有恨吗

深圳不眠，人要睡觉
你走路的姿态此时是那样的粲然

简然：我懒故我在
　　　坏种，我凭什么为你做饭
　　　我不抽烟，我不喝酒
　　　我卖出了食用油，买回了狼毒花

明明：小娇娇，你的夜为什么这么黑
　　　人民用香烟的光芒照耀你
　　　小羞羞，你的腮为什么这么紫
　　　人民用啤酒为你洗出滑腻

简然：我爱这世界，夜以继日
　　　我得道成女，胡言乱语
　　　不是头顶的星星不闪烁
　　　不是脚下的种植不收获

明明：明月为你而照
　　　清风为你而凉
　　　所有的情绪晒在山岗上
　　　不如回家一起吃晚饭

青面獠牙合唱队出场，盘旋三圈，无语退下。

第五场

各族人民怀疑太阳神

十个太阳的不幸传说总也说不完
一个太阳的艰辛故事总也讲不尽

无神论的民族啊，除了神他们什么都信
太阳啊，连你的绝望都是那样的灿烂

太阳：我每天早上按时升旗
　　　我甚至想将红旗插遍全世界
　　　我的光芒何止万万丈
　　　只是不知何时照到人民头上

明明：我的老太阳哥哥
　　　一大把年纪了你还是那样的倔
　　　每天凌晨 4 点和乌云展开的谈判
　　　为你的头颅降下了白雪

太阳：我是太阳神，我是太阳帝
　　　我是光明的本身，我自在存在
　　　我时刻向外部生活

而我内心的聚变吞噬着我的肉体

明明：人民是一种大质量客体
你路过时会发生弯曲
保留一副肠胃吧
在黑夜到来时我们一起把酒哭泣

青面獠牙合唱队上场，向太阳三鞠躬，无语退下。

第六场
各族人民否定宁风子

你是疯子，你不发疯你就不能活
你是春天，你不卖春你就不能活

你是罪恶，你不仙气乱飞你就不能活
你是淫荡，你不迷惑少女你就不能活

风子：我是风，我要刮风
我是雨，我要下雨
谁也不能阻挡我无与伦比的抒情
春天过去的时候，我重新回到了大地

明明：哥哥呀，我看到了你生产的过程
　　你就是各族人民的子宫啊
　　在一起富裕遥遥无期的年代
　　你的手已经是繁衍丰饶的手

风子：我没法不释放仙气
　　我没法不迷惑少女
　　在美好缺席的国度里
　　我就是天下皆欲杀的男人

明明：作为各族人民的代表
　　我否定你不顾兄弟交情独吞人类才华的
　　“牛逼”行为，你要交代你的一切
　　哪怕你也是人民的一员

青面獠牙合唱队：
　　天苍苍，野茫茫
　　牛头马面在放养
　　呀呼嘿呦一个呀嘿
　　人民的鼻涕长又长

第七场

各族人民打倒坏小孩

没有菩萨的日子他多么颓废
他甚至以打麻将艰难度日

他是坏种的典型代表
他的面条仍没有摆脱中产阶级煮法

明明：我是坏小孩我怕谁
我喜欢随地涂炭你们
我擅长随地大小便
随地发飙更是我的强项

幽幽飞：我从欧洲回到杭州
就是为了和你一起打麻将
坏小孩，你麻技不坏
你一首诗可以抵上十张牌

风子：把老太阳也拉上吧
他的光芒总是照射不到□[①]人

---

① 作者还没有想好这里是什么人。

还不如和我们一起打麻将
浪费时代。弟弟，等你

明明：我是一个内心阴暗的人
我要到麻将桌上寻找太阳
寻找风，寻找飞翔的力量
我要更坏，找到了也要更坏

红领巾伴唱团和青面獠牙合唱队同时上场：
我们从场下走到了场上
从未见过的景色那样熟悉
那一晚我们娱乐过度
延缓了四化建设

谢幕词

上帝用 7 天创造了人间
我用 7 天怀念我的兄弟姐妹
我爱你们，我的兄弟姐妹
我们都老了，无所谓了

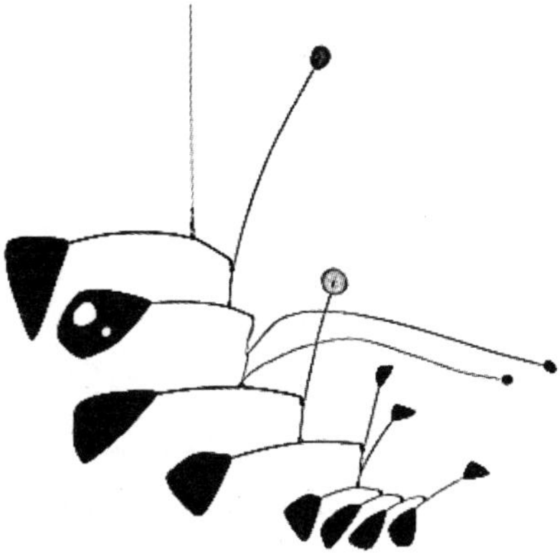

亚历山大·考尔德

红蓝小点的天线

欢慰之巽

在春天到达四月时倾听一种传说

金孔雀和凤尾竹，跳动不息的河流
秘密托起我嘴唇上孳生的烟雾种种
太阳穿起花纹隐入人群。时间破碎
必将故技重演。打钟时分伸出双手
玄色之石无意间画出了远方的神殿

四月已经到来，孤独就停泊在你的
睫毛上，不因你眸子明亮就化作秋
春天正在向深处蔓延。一片坚硬的
柳叶突起，使岸上的传说遭到破坏
而换根葫芦丝，缅桂花会再次盛开

窗外的鸟儿一度降落，谁从它玲珑
的背上走下。同时一部泛黄的经卷
浮出水面，惊动了月光，暗香摇动
九条尾巴的蛇试图攫走草丛中的星
箫声以左的空气清凉，起起还浮浮

三年前栽的一棵菩提树，已挂满了

果子。风吹枝动，叶动，果子不动
以果为镜，看果不是果，阿弥陀佛
以果为果，看果复是果，阿弥陀佛
云霞飘过，静静的果子一颗名叫李

采撷阳光

天蓝色的忧伤
　　漏——下——
白晃晃的
　　　　阳光

为了看看太阳
我来到草坂上

摊开掌心
沐浴清亮
没有指甲　五指
灵动地伸向
洁白的荡漾

用心情撷一朵雪花
唇间含一片霞光
风吹过
优雅的，她露出了

一双可爱的
小虎牙，一定的

为了采一朵阳光
我来到世上

火

火！火！与夏重合
如情人之吻烧成如果
火，如此经久不熄
你的舌苦，我的眼红
这火复而温文　往来燃烧
前院的火，温文燃烧
蓝色的火苗，说我皮肤红润
肝脾长笑一声，菊花茶开了
火，悠悠十年
我还活着呀，我还是一条命呀
胃经受寒，要吃藿香正气膏
肾气虚亏，需食六味地黄丸
可这火呀，已坚持了多年
我不要吃药，雨！大雨！
我多想一场大雨一直淋到我的深处
然而这火温文尔雅
众人完好无损伤得不轻
我一不留神又进了你的圈子

上海滩

向前走，看清黑夜里的万物

星星像小人一样布满天空

如果我是一个国家我就危机四伏

如果我是一个民族我就苦难重重

如果我是一项事业我就坎坷曲折

如果我是一条人命我就胸怀天下

命中注定遭遇一切

微笑的脸上写满世界的轮回

明明换号了

一定是谁攫取了我的欲望，使我
三番五次听到了大树毛细的生长
一定是谁站在了紫丁香的对立面
八万多里的路程我一屁股就走完

仨和尚都要喝水，究竟谁是我师

零是一生命运，大河向东多欢快
零是一生追逐，梦醒都是圆圈儿
三思而后动，我必先杀了孔老二
三思而不行，善良的心将成钓饵

六六顺啊，这个世界到处胃下垂
五魁首啊，那条山脉太需要崔嵬

我几乎要被自己气死

凭什么，看哪，我把自己伪装得人不可耐
日出而作　日落而息　不熬夜也不早起
三天二头一个人吃肥肉喝啤酒，没吃胖也不算瘦
偶尔赌博，很少高兴　又没有什么烦恼
我发觉我好像真的成了一个人间的人
一天到晚说文明话，并且排挤了语言和意思
哎，姓李的哥们，快被自己气死了

这一年我像往常一样不谈恋爱，很少写诗
却不分昼夜地被一些流氓诗意陶醉而不愿意请客
户吃饭
延缓了实业救国理想的实现
赚的钱还不够买一个老婆呐
我就花钱买醉，反复把酒高歌
我就花钱买欢，以便挥霍情感
这些花钱买来的诗歌，我再花钱印刷成册
哎，姓李的哥们，把自己再气死一遍

我生就一张喜欢被好人欺骗的脸

谁做好事我就赞美谁!

谁说谎话我就打哭谁!

我也时不时地配合一个圈套的设立和完结

我还要帮助拐卖我的广大□□[①]数钱

我白白送出了世界上最后一份善良

用以煲清澈之汤或佐透明之酒，遮蔽他们内心的黑色摇摆

我却在天上看不下去了

哎，姓李的哥们，他又把自己气活了

---

① 作者没想好这里用什么字。

本命年元月扯淡本纪

阳光明媚，痛快痛快
积极参加迎新年斗地主大赛
一定要及时成为扶贫专家
为四化建设添砖加瓦

干一行，爱一行，专一行
购置设备，组建陪练团
我要夜以继日刻苦练习
联合其他农户反封建的本事

同时也精通了如何帮助资本家
这笔二千元的订单
运费就给他花去了一千八
傻哥哥的跨行业资助力度很大

不傻干了我就站着把天空傻望
那是一辆真面包车呀把我撞
于是我把他的玻璃砸呀
于是三个人要把我打呀

我把那个红内裤买呀

我把那个红内裤穿呀

这年头坎坷真是与我有缘呀

相对纯洁的山妹子也把我的舌头咬得生疼呀

感动

呀！吹面不寒杨柳风
不管这风是否为杨柳而吹
我且感动着

呀！粘衣欲湿杏花雨
不管这雨是否为杏花而落
我且感动着

呀！怒向刀丛觅小诗
不管这诗是否为人民而写
我且感动着

呀！道可道，非常道
不管这道是否为天地而存在
我且感动着

我坚持胡乱感动　长年累月
太阳终于为我每日升起
照耀人间

萨尔瓦多·达利

向米罗致敬[①]

---

① 本书插图由画家米因先生所属“历代大师图库”提供，特此致谢。

欢喜之坤

阿弥陀佛

凡人因凡人而争斗
向佛脸上啐了一口痰

不知几世几劫
痰风干了

佛光常照
照天下能照之人

善恶同生
哎呀呀，人民在开花

而佛今日之忧郁
是源自内心农业的上升

洗澡

有水降临温柔

谁醉了　谁在歌唱

夏天的雨后凉爽

不必佐证　感觉多好

平庸发起真正的诱惑

心太软

拉开窗帘
阳光穿过梅雨
扑满整个天空
我忍不住就高兴起来

无聊

也好，不睁开眼睛
也就无所谓早晨

阳光是个好朋友
不用招呼他吃饭喝酒

中午是一截长满黑木耳的木头
闻着臭袜子等待采摘的手

夜晚就好了，黑暗是我的神经
是我默默流转的幸福之水

在水中有什么被想起
该起床了，又过了一天

明天晚上还很远
有一些空气偎在我身边

透明

她在远处看懂了我的皮肤
轻轻指挥白细胞组成四分音符
她仔细察看了风水之后
在我的墓地周围架起竖琴

她运来酒和盐酸雷尼替丁
她运来乳房和六味地黄丸
她在大地上做灵活的搬运
她多么疼我

她用娇笑刮一下我的鼻尖
悄悄点上灯笼拨弄竖琴
天籁从七扇门中滑出
一丝光线穿过了天使的灵魂

她折射出我的血液五颜六色
她映照了我的骨髓黑白分明
她说她尝到了我幽深的水
她说她拥抱了我水中的月亮

她说她忘记了我的呼吸
她说我在她的怀中是那样的小
她说她常常在梦中说出谶语
她说我的舍利子无色无味

写诗是一种自我清洗

我三天不洗澡
我很干净

我三月不洗澡
我三年不洗澡
我还是很干净

那内心属于诗歌的人
将永远干净

失败学原理

生活过的人，戴着
远方的和尚的帽子
已经告诉我了
不过，我觉得经书还得自己念

就像是因果一样
真的看到了不一样——
成功的三个本质：局部、暂时、虚假
失败的三条原理：整体、永恒、真实

形而下的东西能治病
却不能救人
成功是渺小的无奈的表现
而失败何必追求，它必然到来

要不要放下自度？普度呢？
戴着痛苦帽子的和尚来找我喝酒
他不想追逐成功了
失败，不也有一番境地么

这真是一个勇敢的兄弟
酒杯为他做了朴素的注脚——
跑到天上回不来的和尚
不是好和尚

重建价值观（节选）

三十岁的时候，我正在否定利益
我要过一种去货币化的日子，把交易最少化
钱赚多了是可耻的，有一口饭吃我就不出来混
抱着饿死拉倒的决心，我不跟你们玩了
喜悦呀，我终于过上了审美的生活

三十一岁的时候，我正在否定价值
各种运动都在加速，人的焦虑感已经全部来自同类
甚至婴儿！与价值判断这个坏种绝交
我果断做出表率，从而早早获得了彻底的解放
大千世界没有区别，我与万物浩然同流

三十二岁的时候，我正在否定否定
风雨沟通天地，日月自己呈现
数学、诗歌和音乐构成了政体的三要素
地球上只有两种人：农民和艺术家
我每天睡到自然醒，三十出头就随心所欲不逾矩了

三十三岁的时候，我已经忘记修辞

再也不把人之常情当作重大诗学发明。对于人类
猪和酒，我已没有别的想法，我的诗里只表达了
一个意思：活到十岁，去诗里取消另外一个意思
如是，九点九年的正方形正在到来